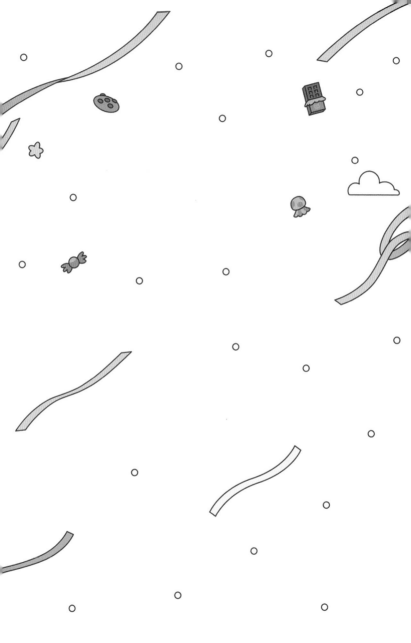

슈가 타운

시작하는 소설, 시소

슈가 타운

초판 1쇄 발행 2024년 3월 8일

글쓴이 이필원
그린이 개박하
편집장 천미진
편집책임 최지우
편 집 김현희
디자인책임 최윤정
마케팅 한소정
경영지원 한지영

펴낸이 한혁수
펴낸곳 도서출판 다림
등 록 1997. 8. 1. 제1-2209호
주 소 07228 서울시 영등포구 영신로 220 KnK디지털타워 1102호
전 화 02-538-2913 **팩 스** 070-4275-1693
다림 카페 cafe.naver.com/darimbooks
블로그 blog.naver.com/darimbooks
전자 우편 darimbooks@hanmail.net

© 이필원, 개박하 2024

ISBN 978-89-6177-327-0 (42810)

슈가 타운

글 이필원
그림 개박하

다림

설탕이 내린다. 온 동네가 새하얗게 반짝인다. 창가에 서 있던 유나는 천천히 손을 뻗어 창문을 열었다. 찬 바람이 기다렸다는 듯 머리카락을 흔들고 지나갔다. 성기게 내리는 하얀 가루보다 당장 바람에 흩날리는 머리카락 탓에 눈앞이 어지러웠다. 머리카락을 귀 뒤로 빗어 넘긴 유나는 하얗게 빛나는 아파트 단지를 홀린 듯 내려다보았다.

누군가 하늘에서 설탕이 든 거대한 통을 거꾸로 들고 살살 흔드는 것 같다. 흰색 결정이 소리 없이 쌓이는 모습에 오늘도 온 마음을 빼앗긴다. 사진을 찍어도 기록할 수 없는 광경이었다. 설탕이 내릴 때 창밖을 내려다보면 추락하는 기분이 든다. 미끄럼틀이나 놀이기구를 타는 느낌과 비슷했고 그럴 때의 시간은 다르게 흐른다. 1분 같은 1초가 지나간다. 그리고 다시 1초, 방충망마저 열어젖힌 유나는 망설임 없이 고개를 내밀었다. 입을 벌려 설탕이 혓바닥 위로 내려앉아 녹기를 기다리자 금방 침이 고였다.

달다. 단맛이 난다. 설탕의 단맛을 흉내 낸 인공 감미료일지도 모르지만, 유나는 그것을 설탕이라고 부르고 있다. 정체불명의 하얀 결정체에 설탕이라는 이름을 붙인 날로부터 꽤 오랜 시간이 흘렀다. 설탕이 아니라면 달리 무엇이라고 불러야 할지 몰랐다. 유나만이 그것을 보고 느낀다. 그러나 아무에게도 그것에 대해 말하지 않았다.

설탕 혹은 설탕 눈.

그것이 내릴 때면 사람들은 신기해하거나 놀라워하지 않는다. 그 누구도 우산이나 우비를 챙겨 다니지 않았고, 유나 역시 우산이나 우비를 챙겨 다니지 않았다. 그대로 설탕 가루를 맞으며 학교에 가거나 편의점까지 걸어가곤 했는데, 지금껏 아무 이상이 없는 걸 보면 건강에 나쁜 영향을 끼치는 것 같지는 않다.

처음 설탕이 내린 날을 기억한다. 지난봄부터 하늘에서 설탕이 떨어졌다. 눈이나 비나 우박은 아니었다. 학교에서 돌아온 유나는 그날 집에 혼자 있었고 해가 져서 어둑해질 무렵이었는데도 전등을 켜지 않은 채 방바닥에 누워 있었다. 별다른 알림이 울리지 않는 휴대폰 화면만 바라보던 유나는 문득 창가를 올려다보고 하늘에서 무언가가 흩날리는 것을 발견했다.

유나는 비틀거리며 창가로 걸어갔다. 두 눈을 비비거

나 뺨을 꼬집을 필요는 없었다. 창문을 열려고 팔을 뻗는 느낌이 생생했다. 창문을 열자마자 불어 넘어오는 바람은 꿈속에서 부는 바람이라고 여길 수 없을 만큼 선선했다.

눈인가, 아니다. 설탕이다. 한참 동안 설탕이 내리는 풍경을 지켜보던 유나는 설탕이야, 하고 중얼거렸다. 따분하고 외롭고 자주 화가 치미는 세상이 하얗게 변해 갔고 그날 이후 설탕이 눈처럼 쏟아지는 날이 드문드문 이어지고 있다.

하루에 한 개, 많으면 두 개까지. 그 이상은 권하지 않는데, 혹시 많이 먹고 문제 생겨도 이쪽 책임은 없어요. 반품 절대 안 되고요.

언젠가 메신저로 받은 쪽지 내용이 감은 눈꺼풀 안에서 보인다. 몇 번이나 반복해 읽었기에 외우다시피 한 당부이자 협박이었다.

구매는 현금이나 코인으로만. 미성년자면 위험 부담

금 5만 원 더 붙어요.

구매도 복용 방법도 까다롭고 위험 부담이 컸지만, 유나는 아무래도 좋았다. 이걸 먹으면 정말 기분이 좋아지나요. 그렇게 물었을 때 의미 없는 알파벳을 나열한 계정의 주인은 곧바로 답장을 보냈었다.

그러니까 이렇게 판매하는 거죠. 꾸준히 사는 사람들이 있어서.

큰마음 먹고 산 약의 이름은 슈가였고, 슈가는 유나를 여전히 유나로서 살아 있게 도와주고 있다. 복용하는 즉시 머릿속이 개고 몸이 가뿐해진다. 약간의 메스꺼움이 밀려오기도 했지만 속을 게운 적은 없었다. 아직까지는.

때마침 하늘에서도 설탕이 내려서 신체 기관의 모든 감각을 총동원해서 단맛을 즐길 수 있었다. 하지만 설탕은 얼마 동안 반짝이다가 사라진다. 녹는 게 아니라 증발하듯 희미해지다가 없어지는 건데, 유나에게도 설탕처럼 있다가 없어진 사람이 있다.

엄마. 유나는 혀를 굴리며 생각했다. 엄마, 단번에 사라졌지. 예고도 없이. 미리 말하고 사라졌다면 조금은 나았을까. 도리질을 친 유나는 다시 혀를 내밀었다. 아닐 것이다. 이별의 단서를 남겼더라도 위로가 되거나 딱히 이겨 낼 힘 같은 게 생기지는 않았을 것이다.

유나는 가만히 단맛을 음미하며 궁금해했다. 다디단 하얀 결정체를 허공에서 뿌려 대는 이는 누구일까. 어쩌면 엄마일지도 모른다. 사람들은 엄마의 마지막을 두고 하늘에 가 있다고 말하니까. 하늘나라 따위가 없다는 것을 아는 나이가 됐는데도 유나는 그 말을 종종 믿고 싶었다. 그러나 누가 설탕을 뿌리는지는 이제 중요하지 않다. 신이든 엄마든 아무래도 상관없다. 상관없다고 유나는 소리 내어 말했다.

중요한 건 설탕이 언젠간 내리지 않을 수도 있는가, 그뿐이다. 가능하다면 언제까지고 하늘에서 설탕이 내렸으면 했다. 내려, 지금이야, 하면 언제든 저 위에서 흩뿌려지는 것이 되었으면 한다.

이상하게도 오늘은 그네를 타는 기분이 몰아친다. 다시 한번 혀를 내밀어 입 안에 설탕 알갱이를 녹이자, 불쑥 속이 뒤집히는 느낌이 들었다. 유나는 게워 내는 것 없이 몇 번이나 헛구역질하다가 한참 뒤에 가까스로 진정했다. 몇 초 동안 숨을 고르며 토악질을 참아 내는 일은 이제 익숙하다. 모든 마법 같은 현상에는 고통이 동반된다는 것을 유나는 안다.

마법이 소리 없이 수행되는 이곳은 동화 속이 아니라 현실이다. 그렇다는 것을 잘 알고 있다. 꿈이나 기대 같은 건 활자 속에서나 힘을 발휘하는 낱말이었고 유나는 오랜 시간에 걸쳐서 빈 데 없이 느릿느릿 하얗게 변해 가는 도시를 그저 물끄러미 내려다보거나 올려다보았다.

날이 빠르게 저물어 간다. 오늘도 아파트 단지가 설

탕으로 덮이고 있지만, 유나 혼자만 즐거워한다. 그리고 즐거워하는 유나를 지금 이 순간 유일하게 이해해주는 존재가 있다.

"그레텔, 너도 먹어 봐."

혀를 날름거리던 유나는 침대에 걸터앉아 있는 금발 소녀에게 말했다.

"엄청 달아."

혼잣말하듯 건넨 말에 그레텔은 조용히 고개를 저으며 미소를 지었다. 단 거라면 이미 충분히 먹었다는 듯이.

"저것 봐. 설탕이… 아."

유나는 창밖을 가리키다가 멈칫했다. 손이 조금 떨리고 있었다. 그런 유나를 보며 그레텔은 어깨를 으쓱해 보였다.

"이상하네. 요즘 자주 이래."

유나는 아무렇지 않은 척 웃었지만, 그레텔은 웃지

않았다. 다만 눈썹을 씰룩이며 유나의 손과 유나의 얼굴을 번갈아 보았다.

"걱정해 주는 거야?"

입술을 삐죽 내민 그레텔이 고개를 끄덕였다. 조그만 몸짓에 유나는 금방 환하게 웃었다.

* * *

그레텔.

여태껏 그레텔과 대화다운 대화를 나눈 적은 없다. 유나가 말하면 그레텔은 미소를 짓거나, 눈썹을 비딱하게 세우는 식으로 대답을 대신했고 유나는 그것을 곧잘 읽으며 이해했다.

처음 그레텔이 방에 나타난 날을 생각하면 유나는 사랑 많은 사람이 되기라도 한 듯 너그러워지는 기분이 들었다. 학교에 다녀오는 동안 한껏 곤두섰던 마음이 누그러졌고 그것이 착각이라 할지라도 어느 순간 웃음이 실실 새어 나왔다. 짜증도 분노도 그레텔의 앞에서는 무력했다. 그레텔 덕분에 무사히 낮과 밤을 보내겠구나, 하는 생각이 들 정도로 유나는 빠르게 안정을 찾아 갔다. 누군가 머물다가 사라진 집 안에서 그레텔은 슈가와 더불어 유나의 누름돌 같은 존재였다.

하늘에서 설탕이 내리는 게 먼저였던가. 아니면 그레텔이 모습을 드러낸 일이 먼저였던가.

그레텔과 처음 만난 날에도 유나는 집에 혼자 있었다. 교복도 갈아입지 않은 채 침대에 누워 있는 유나의 발치에는 책가방과 지갑, 틴 케이스가 어지럽게 놓여 있었을 것이다. 깜빡 잠들었다 일어난 유나는 누군가 침대 옆에 서 있는 것을 눈치챘다.

고개를 젖혀 바라본 곳에 부드러워 보이는 치맛자락이 보였다. 일상에서 보기 어려운 이국적인 옷이었고 그 때문에 유나는 순식간에 잠이 달아났다. 누가 집에 같이 있다는 사실에 놀란 것이 아니라, 놀이공원의 코스프레 행렬에서나 볼 법한 차림이 놀라웠다. 무엇보다 불청객이 또렷한 이목구비와 금발을 가진 외국인이라는 사실이 믿기지 않았다.

어린 시절 갖고 놀던 인형이 사람 크기로 커져 꿈에 나온 걸까. 짧은 순간 생각했지만, 유나의 방에는 인형이라고 부를 만한 장난감이 없었다. 잠이 덜 깬 유나는 눈을 반쯤 뜨고 웃었다.

무섭다는 생각은 처음부터 들지 않았다. 오히려 반가웠다. 혼자 있는 집에 누군가 나타났다는 사실이 못 견디게 좋았다. 유나는 한참 만에 손을 흔들어 보였다. 그러자 그레텔도 유나에게 한 손을 흔들었다.

그레텔을 그레텔이라고 부르기로 마음먹기 전에 유나는 그레텔의 인상착의를 보고 어릴 때 읽은 동화를 떠올렸다. 그레텔을 특정하는 옷이라든가 외모를 떠올릴 만한 삽화가 조금도 기억나지 않았지만, 유나는 그레텔을 보자마자 그레텔이라는 이름이 불현듯 생각났다. 앨리스라고 부르지 않은 이유는 그레텔이 시계를 든 토끼 따위를 쫓을 것처럼 순진해 보이지 않았기 때문이다. 무엇보다 그레텔에게서는 바삭하게 구운 과자 냄새가 풍겼다.

과자 냄새가 풍기는 여자애. 그레텔은 어느새 원피스 앞주머니에서 초콜릿이 박힌 쿠키를 꺼내 우물거렸고 유나는 그 모습을 보며 그레텔, 하고 불렀다.

그레텔이라고 불러도 되냐고 묻자, 그레텔은 조그맣게 응, 하고 말했다. 유나는 유나를 떠나지 않는 그레텔이 좋았다. 첫눈에 마음에 들었고 앞으로 오랫동안 그레텔에게 기대어 지내리라 예감했다. 예감은 반은 맞고 반은 틀렸다.

유나가 사는 세상에 헨젤 혹은 그레텔이 나타났다면, 과자로 만든 집에 사는 마녀도 모습을 드러낼 수 있다는 뜻이었다.

마녀는 멀리 살지 않았다. 마녀의 과자 집은 생각보다 가까이에 있었다.

* * *

"최유나."

퇴근한 아빠가 현관에서 무겁게 입을 열었다.

"어제 학원 안 갔다며?"

현관문이 열리는 소리를 듣고 어기적거리며 방에서 나온 유나는 단번에 인상을 찌푸렸다. 다녀오셨어요, 인사하기도 전에 아빠는 학원이나 학교 일과에 대해 물었다. 살가운 가족을 흉내 낼 대화는 별로 이어 가고 싶지 않았기 때문에 유나의 말투 또한 절로 퉁명스러워졌다.

"갔는데요."

이제 힘들이지 않아도 거짓말이 나왔다. 아닌 척 상

황을 모면해 보려 해도 소용없다는 것을 알면서도 일단 시치미를 뗐다. 양복 재킷을 벗은 아빠는 유나를 한 번 쳐다보고는 눈길을 돌렸다.

"전화 왔었다. 너 결석했다고."

이번에는 원장이 직접 연락했었다고 말하며 아빠는 미간을 좁혔다. 마을 사람들에게 수없이 거짓말을 했던 양치기 소년은 날 선 비난이라도 받으며 살아 있음을 실감할 테지만, 엇나가는 유나에게 질릴 대로 질린 아빠는 이제 화조차 내지 않으며 유나를 거의 없는 취급한다. 피로한 얼굴로 혀를 조금 차거나 입매를 굳힐 뿐이다.

유나는 별다른 대꾸 없이 아, 했다. 그러고는 파마머리를 한 원장을 떠올렸다. 남들보다 낮은 목소리를 가진 원장이 아빠에게 전화를 걸어 무슨 말을 했을지 뻔하다. 아버님, 유나 학생이 오늘도 결석했네요. 유나만 그런 건 아니지만 알게 모르게 학원 분위기가 안 좋아서 주의를 좀 주셨으면… 같은 말을 연이은 강의 탓에 쉰 목소리로 또박또박 전했을 것이다.

유나가 다니는 종합 학원의 원장은 모의고사나 중간고사, 기말고사를 앞둔 시점마다 복도에서 마주치는 원생을 붙잡고 묻곤 했다. 이번 시험 자신 있지? 내일 무슨 과목 시험 치니? 국어랑 윤리랑 음악? 쉽네. 각각 90점 이상씩 맞을 수 있지? 평균 점수 올릴 수 있는 날이잖아, 그렇지? 그런 헛소리를 아무렇지 않게 내뱉는 원장이 보기에 유나는 성실한 학생이 아니었으므로 당연히 탐탁지 않을 터였다. 다음 달은 그만뒀으면 하는 원생일지도 모른다.

"보충 수업엔 꼭 가. 다신 전화 오는 일 없도록 해라."

"네."

유나는 간단히 대꾸하고 방으로 들어갔다.

저녁은 먹었냐고 묻는 말을 못 들은 척하며 문을 닫고는 방문 바깥에서 나는 소리에 귀를 기울였다. 잠시

후 아빠가 욕실로 들어간 기척을 듣고 나서 책상 서랍을 열었다. 서랍 구석에 보이지 않게 둔 종이 상자를 꺼내면서도 문 너머의 아빠가 어디서 무엇을 하고 있는지 살피는 일을 계속했다. 당장 아빠가 방문을 열어젖히고 들어올 기미가 없어서 가능한 일이다. 통장과 도장 그리고 그것이 든 상자의 뚜껑을 신중한 손길로 열고는 조그만 틴 케이스를 책상 위에 올려 두었다.

"먹어야 돼, 오늘도."

그렇지 않으면 곧장 발을 구르며 소리칠지도 모른다. 도대체 숨이 막혀 살 수가 없다고 고함을 지르며 손에 잡히는 물건을 막무가내로 집어 던지고 말 것이다. 책장 옆에 서 있는 그레텔에게 변명처럼 말한 유나는 슈가를 한 알 꺼내 입에 털어 넣었다. 머릿속에 낀 온갖 잡념을 씻어 내려면 슈가가 필요했다.

익숙한 단맛이 난다. 설탕보다 몇백 배는 강한 단맛이 혀끝을 감싼다. 유나는 슈가를 물 없이 녹여 먹는 걸 좋아했다. 물과 함께 삼켜도 됐지만 오랜 시간을 들여 먹는 편이 좋았다. 사탕을 먹듯이 왼쪽 볼에서 오른쪽 볼로 슈가를 굴리는 동안 가슴 곳곳에 버석하게 일어나 있던 거스러미가 흐물흐물해진다.

천천히 돌아앉자 그레텔과 눈이 마주쳤다. 한층 편안해진 유나는 그레텔의 입술이 호를 그리며 올라가는 모습에서 눈을 떼지 못했다. 그레텔이 입가에 검지를 갖다 대며 비밀스럽게 미소 지었다. 쉿, 네 비밀을 지켜줄게. 그렇게 말하는 듯한 그레텔을 마주 보며 유나는 속삭였다.

"너도 먹을래?"

그레텔은 고개를 저었다.

고맙지만 사양한다는 뜻이 아니라, 이미 먹고 있다는 뜻이었다. 그레텔이 혀를 내밀어 보이자, 붉은 혀의 정중앙에 새하얀 알약이 놓여 있다. 가라앉았던 기분이 거짓말처럼 나아진다.

그레텔이 미소 지으면 유나는 유나가 가진 모든 것을 이해받고 마침내 보호받는 느낌을 받았다. 그런 느낌은 유일했다. 아빠마저 유나를 이해하지 못하고 완벽히 지켜 주지 못하는 상황에서 기댈 수 있는 거라고는 슈가와 그레텔뿐이다.

"그레텔, 저 설탕을 나만 보는 건 아니지?"

유나는 방 밖의 아빠에게 목소리가 들리건 말건 신경 쓰지 않고 그레텔에게 물었다.

"너한테도 보이지? 그렇지?"

그레텔의 입술이 열렸다 닫혔다.

"응, 보여."

설탕이 내리네. 널 위해서 내리네.

그 말이 꼭 노랫말 같아서 마음이 들뜬다. 오늘도 그레텔의 풍성한 머리카락에서 고소한 쿠키 냄새가 풍긴다. 오븐에 한참 들어갔다가 나온 사람처럼.

오늘 밤에는 아주 좋은 꿈을 꿀 것이다. 거의 매일

유나를 괴롭히던 악몽은 단내로 절여진 유나의 무의식을 불길하게 짓누르지 못할 것이다. 침대에 풀썩 누운 유나는 기분 좋게 눈을 감았다. 창문을 열지 않아도 하늘에서 설탕이 흩날리고 있다는 것을 알 수 있었다.

* * *

다음 날 아침 현관문을 열자마자 유나는 후회했다.

먼저 엘리베이터를 기다리고 있는 사람이 보였다. 익숙한 뒷모습을 발견한 유나는 아차 싶었다.

"어떡하지."

소리 내어 당황했다가, 입술 안쪽 살을 깨물었다. 유나의 혼잣말을 들은 사람이 구체 관절 인형처럼 부자연스럽게 돌아섰다.

다시 집에 들어가기에는 늦었다. 유나는 눈을 질끈 감고 싶은 것을 간신히 참아 내며 엘리베이터가 빨리 도착하기만을 빌었다.

"학교 가냐?"

희끗한 머리를 긁적인 앞집 할머니가 잠긴 목소리로 아는 체했다. 유나는 보일 듯 말 듯 고개를 끄덕이며 네, 하고 건성으로 대답했다.

"일찍 가는구나."

참견하기 좋아하는 눈빛이 유나를 뚫어지게 바라본다. 이른 아침부터 분리수거를 하러 나가는 모양인지 한 손에는 신문지와 전단 등이 쌓여 있는 플라스틱 바구니가 들려 있었다.

"안녕하세요."

뒤늦은 인사에 할머니의 눈매가 샐쭉해진다. 유나는 고개를 숙이며 딴청을 피웠다. 언제나 현관문 너머의 기척을 살피고 아무도 없을 때만 나왔는데, 오늘은 방심하고 말았다. 조금만 더 기다렸다가 나올걸. 휴대폰을 확인하는 척하며 후회를 곱씹었다. 더는 대화를 이어 나가기 싫다는 기색을 숨기지 않고 있는데도 할머니는 반드시 말을 붙이려는 모양인지 유나를 유심히 바라보았다.

"요즘 밥은 잘 먹고 다니는 거냐?"

뜬금없는 물음을 듣고 유나는 신경질적으로 고개를 들었다.

"네?"

"좀 마른 것 같은데."

또다.

또 저렇게 사람을 빤히 관찰한다. 함부로 탐색한다. 무례한 시선이 피부 안쪽까지 파고드는 기분에 유나는 한숨을 삼켰다. 할머니의 눈길은 매번 피부 안쪽을 꿰뚫어 보기라도 하듯 날이 서 있다. 날이 갈수록 시선이 집요해졌다. 만날 때마다 무엇이든 알아내려는 눈빛을 무시하기 어려웠다.

도대체 나에게서 뭘 알아내고 싶은 걸까. 사사건건

참견하는 할머니 때문에라도 이사를 가고 싶었다. 그러나 머무는 환경을 바꾸는 일은 아주 대대적인 일이며, 이 동네에서 더는 살지 못하겠다고 하소연해도 아빠를 결코 설득시킬 수 없다는 것을 안다. 이사 얘기를 꺼내는 순간 아빠는 한숨을 쉬려나. 어쩌면 들은 척 만 척 할지도 모른다.

"너도 다이어트다 뭐다 하는 거냐?"

"아뇨."

"잘 챙겨 먹어야 한다. 한창때는 그래야 해."

그래야만 키도 크고 보기 좋게 살도 찐다는 말이 으스스하게 들린다. 목덜미에 소름이 돋는 것을 느끼며 유나는 할머니를 흘끔거렸다. 오랫동안 이웃해 살면서 할머니에 대해 알게 된 것들이 있다. 함께 사는 가족 없이 혼자 지낸다는 것. 서울에 사는 자식들이 있다고 했지만, 명절이나 특별한 날에만 가끔 찾아오는 모양이었다. 앞집의 초인종이 울리거나, 흔한 생활 소음이 들리는 일은 거의 없었고 손님이라고는 가스 검침원이라든가 아파트 공동 현관문 비밀번호를 용케 뚫고 집집마다 포교하는 사람이 전부인 것 같았다.

반려견이나 반려묘조차 없이 홀로 사는 할머니는 묘하게 음산한 분위기를 자아냈는데, 언젠가 한번 현관문이 열렸을 때 얼핏 보았던 집 안 풍경을 유나는 아직도 잊지 못했다. 무속 신앙에 관심이 많다는 할머니의 집 현관에는 온갖 부적이 붙어 있었다.

할머니의 집은 할머니를 닮아 불쾌한 구석이 많았다. 집은 집주인을 닮는 건가. 유나는 두 눈을 가늘게 뜨며 앞집 할머니를 살폈다. 이제 와 생각해 보면 주름진 눈가에서 싸늘히 번뜩이는 눈빛과 자주 씰룩이는 입술, 콧대와 콧방울 사이에 난 커다란 사마귀 등 할머니를 이루는 여러 가지 요소가 불길하게 와닿는다. 그림책의 삽화 속 마녀를 그대로 옮긴 듯한 이목구비는 물론이고, 마주칠 때마다 사납게 빛나는 눈빛을 떠올

리면 집에서도 오싹함을 느낀다. 주름 많은 입술 사이로 금방이라도 수상한 주문이나 저주의 말이 튀어나올 것만 같은 게 기분 탓만은 아니었다.

'결국 큰일을 치렀구먼.'

엄마의 죽음을 예감했다는 듯 건넸던 혼잣말.

'좀 더 살다 갈 줄 알았는데.'

혀를 차며 중얼거린 그 말은 그야말로 저주였다. 앞날을 내다보는 사람이 아니고서야 할 수 없는 말이었고 그 때문에 되도록 할머니와 마주치고 싶지 않았다. 가능하다면 이 아파트를 떠나기 전까지.

엘리베이터에 몸을 실은 유나는 어서 1층에 도착하기를 바라며 팔짱을 꼈다. 그러는 동안에도 등 뒤로 집요한 눈길이 느껴졌다. 앞집 할머니는 나에게서 어떤 미래를 읽어 낼까. 그의 두 눈으로 이웃해 사는 고등학생의 일거수일투족을 엿보는 게 가능할까. 그렇게 해서 얻는 게 대체 뭔데. 거기까지 생각한 유나는 등줄기에 소름이 돋는 것을 느꼈다.

내가 모르는 사이 마녀의 흥미를 끌었던가? 조용히 지내 왔는데 어째서 먹잇감이 된 기분을 느껴야 하는 거지. 유나는 엘리베이터 문이 열리자마자 도망치듯 뛰어나왔다.

"너 무슨 꿍꿍이라도 있는 거냐?"

그때 뒤에서 할머니가 불쑥 외쳤다.

"그런 거지? 응?"

갑작스럽게 꾸지람을 들은 유나는 눈썹을 찡그리며 돌아보았다.

"네?"

"학생이면 학생답게 다녀라. 괜히 엉뚱한 데 한눈팔지 말고."

앞뒤 맥락이 모두 잘려 있는 할머니의 말은 흘려들을 수 없는 종류의 말이었다. 그러니까 그건 오랫동안 유나를 지켜봐 온 사람만이 할 수 있는 경고였다.

유나는 쫓기듯 달리기 시작했다. 가능하다면 할머니로부터 얼른 벗어나고 싶었다. 바람과는 다르게 끈덕진 시선이 따라붙었다. 허둥지둥 달리던 유나는 놀이터를 지날 무렵에서야 숨통이 트이는 걸 느꼈다.

그걸 사람의 눈이라고 할 수 있을까. 평범한 사람이 건넬 수 있는 말이라고 여길 수 있을까. 그는 보통 사람이 아니다. 절대로. 하지만 할머니의 정체를 아는 사람은 아무도 없는 것 같다. 유나는 착잡한 얼굴로 한숨을 쉬었다.

앞집에 마녀가 산다. 엄마의 죽음을 미리 알아차린 수상한 할머니가 산다. 그는 아빠도 눈치채지 못한 유나의 비밀을 짐작하고 있으며, 유나가 의지하고 있는 것이 무엇인지 모조리 아는 기색이다. 그냥 넘겨짚은 건지 아니면 정말 아는 건지 확신할 수 없지만 께름칙한 사람이라는 건 분명하다.

습관처럼 교복 주머니를 뒤적였지만 원하는 것은 나

오지 않았다. 이럴 때 그레텔이라도 옆에 있어 준다면 좋을 텐데 그레텔이 학교까지 따라오는 경우는 이제까지 없었다.

집에 가고 싶다. 누구와도 마주치지 않고서.

간절히 바라지만 지금 바로 실행할 수 없는 소망을 중얼거렸다. 터덜거리는 걸음으로 등교하는 유나의 머리 위로는 구름 한 점 없이 화창한 하늘이 걸려 있었다.

* * *

"최유나, 또 조는 거냐?"

책상 옆을 지나가며 윤리 선생이 교과서로 책상 모서리를 두드렸다. 소스라치게 놀란 유나는 저에게로 쏟아진 시선을 모른 척하며 하품을 삼켰다.

"졸리면 잠깐 뒤에 나가 서 있어라."

유나는 교과서를 들고 자리에서 일어났다. 수업 시간에 졸면 사물함 앞에 서 있다가 제자리로 돌아와 앉는 것이 윤리 수업 시간의 규칙이었다. 각종 규칙이 난무하는 학교가 지긋지긋하다.

"…망할."

책상 사이를 지나가며 내뱉은 혼잣말을 들은 아이가 고개를 들었다. 너 지금 뭐라고 한 거냐고, 수업 시간에 설마 욕한 거냐고 묻는 눈초리는 유나의 핏발 선 눈과 마주치자 도로 교과서로 내리꽂힌다. 유나는 저도 모르게 소리 내어 웃을 뻔했다. 언제부턴가 자주 있는 일이었다. 유나와는 절대 엮이지 않겠다는 어떤 의지와 보이지 않는 선이 존재했다.

학교에서 제대로 깨어 있는 건 모두 옛날 일이다. 모든 수업 내용은 저편으로 밀쳐놓은 지 오래였다. 간혹 잠에서 깨어나 칠판을 보고 있더라도 유나는 다른 것을 보곤 했다. 설탕이 내리는 잔상이라든가 그레텔의 미소 같은 것들. 그러면 학교에서의 시간을 그나마 버틸 수 있었다.

유나는 이마를 긁적이며 느리게 눈을 깜빡였다. 눈을 한 번 감았다 뜰 때면 어느새 쉬는 시간이 되었고, 다시 눈을 깜빡하는 사이 책상에 엎어져 잠들어 있는 하루하루가 반복됐다. 짝꿍과는 꼭 필요한 대화만 나눴다. 교실에 있는지 모르게 자리를 지켰다가 집으로 돌아오는 것이 유나의 일과였고, 유나의 불량한 태도에 관하여 언성을 높이는 선생은 없었다. 최근에 가까운 사람을 잃은 학생은 교실에서 알게 모르게 특별 취급을 받는다.

칠판 위에 걸린 벽시계가 어제와 다를 바 없는 오늘이 저물어 가고 있음을 알렸다. 교문을 빠져나올 때에서야 유나는 실내화를 신고 나온 것을 깨달았다. 다시 교실에 다녀오고 싶지 않아서 그대로 집으로 향했다.

목이 마르다. 보폭을 넓혀 달리면서도 마음이 급했

다. 조금이라도 빨리 집에 가고 싶었다. 책상 서랍에 숨겨 둔 슈가만을 생각하며 아파트 단지를 황급히 가로질렀다. 그러다가 어디선가 느껴지는 눈길에 걷는 속도를 늦추었다.

누군가 쳐다보는 것만 같다. 어디선가 앞집 할머니가 두 손을 모으거나 팔짱을 낀 자세로 지켜보고 있을 것 같았다. 덤불 속에 몸을 숨기고 사냥감을 노리는 포식자처럼 어딘가에 서 있거나 앉아 있으리라는 느낌이 엄습하여 유나는 떨떠름한 얼굴로 주변을 훑어보았다.

착각이나 괜한 걱정이 아니었다. 요즘 들어 멀리서든 코앞에서든 마녀와 맞닥뜨리는 일이 부쩍 늘었으므로. 그때마다 뼛속까지 발라먹으려는 듯한 끈질긴 시선이 유나에게 달라붙었고, 그것을 기민하게 알아차리는 순간마다 소름이 끼쳤다. 빈번한 만남 때문에 매번 의아했다. 마치 유나가 가는 길목마다 할머니가 서 있는 것 같았다.

그 노파는 어딘지 모르게 음침해. 입맛을 다시면서 널 계속 살피는 꼴이 수상하다니까. 언젠가 그레텔이 속삭인 말이 귓가에 맴돈다.

그레텔의 말은 과연 사실이다. 앞집에 사는 마녀와 계속 마주쳤다가는 정신이 망가질지도 모른다. 감각이 제대로 작동하지 않고 불안과 초조함에 시달리다가 기어이 고장 날지도 모른다.

어째서 할머니는 나를 보며 군침을 삼킬까. 먹음직스러운 양을 눈앞에 둔 늑대처럼, 언젠가 꼭 잡아먹기라도 할 것처럼 살필까. 기회를 틈타 손목을 잡아당기거나, 등을 떠밀어 어떻게든 위험하게 만들 것처럼 노리듯 바라보는 걸까.

유나는 그 생각을 멈출 수 없었다. 머지않아 사냥당하리라는 예감이 유나를 안절부절못하게 만들었다. 경찰에 신고하거나 아빠에게 털어놓기에는 너무나도 실체 없는 위협이어서 답답했다.

"얘."

그리고 불행은 어김없이 유나를 찾아왔다. 단 하나의 음절로 유나를 멈춰 세운다.

"너 왜 비틀거리는 거냐?"

앞집 할머니의 목소리가 근처에서 들려왔을 때 유나는 저도 모르게 주먹을 쥐었다.

망할. 망할. 망할.

힘을 주어 그러모은 손이 교복 주머니 안에서 떨렸다. 머리가 지끈거렸다.

"안녕하세요."

유나는 간신히 미소 비슷한 것을 지으며 걸음을 옮겼다. 기어코 나를 잡아먹을 거냐고 따지고 싶은 마음을 억누르느라 손톱자국이 날 만큼 손에 힘을 줬다.

"안색이 안 좋은데, 괜찮냐?"

주차장 근처 벤치에 앉아 있던 할머니가 한쪽 무릎을 움켜쥐며 일어섰다.

"괜찮아요."

유나는 신경질적으로 고개를 저었다. 먼저 경계심을 풀게 하려는 목적인가. 할머니와 어울리지 않는 친절이다.

"어디 아픈 거 아니냐?"

"안 아파요."

그러니 부디 신경을 꺼 달라는 말이 턱 끝까지 치밀었다. 할머니와 또다시 엘리베이터에 같이 타게 될까 봐 유나는 냅다 출입문으로 달렸다.

몇 걸음 뛰지 않았는데도 숨이 찼다. 가슴이 빠르게 두근거리고 눈앞이 캄캄해졌다. 두통이 심해져 간다. 다행히 할머니가 오기 전에 엘리베이터가 도착했고 냉큼 몸을 실은 유나는 닫힘 버튼을 연거푸 눌렀다. 집으로 올라가는 잠깐 사이에 유나는 가쁜 숨을 내쉬었다.

현관문의 도어 락을 누르는 손이 덜덜 떨렸다. 집에 들어서고 나서야 안도감이 밀려왔다.

"그레텔!"

방 안으로 뛰어 들어간 유나는 책상 앞에 서 있는 그레텔에게 빌듯이 물었다.

"너는 내 편이지?"

그레텔은 유나에게 가만히 미소 지어 보였다. '응'이라든가 '아니' 같은 명확한 대답을 해 주기를 바랐지만 그저 고개만 끄덕였다.

그레텔에게 다가가던 유나는 다리에 힘이 풀려 주저앉았다. 손발이 저려 왔다. 체기와 비슷한 메스꺼움이 배 속을 채운다. 유나는 서랍을 열고 다급히 뒤적여 슈가를 꺼냈다. 입 안에 털어 넣은 슈가를 혀로 굴려 봐도 긴장감이 풀리지 않는다. 침대에 누우려던 유나는 짜증스러운 손길로 틴 케이스를 열었다. 하나 남은 슈가를 손바닥 위에 올려놓고 한참 보다가 입에 넣었다.

모든 혼란과 짜증을 잠재울 수 있는 것이 필요하다. 이왕이면 달콤한 것. 더 빨리, 더 깊이 빠질 만한 것을 원한다.

유나는 휴대폰의 잠금을 해제하고 SNS에 접속했다. 가장 최근에 쪽지를 주고받은 계정을 누르고 새 메시지를 입력했다.

슈가 더 사고 싶어서 연락드립니다.

* * *

머릿속에서 노랫소리가 뒤엉킨다. 티브이나 유튜브를 보지 않고 있어도 언젠가 시청한 방송의 배경음 같은 게 한데 뒤섞여 들린다. 유나는 거울에 비친 제 모습을 들여다보며 이름 모를 노래를 흥얼거렸다.

교복 치마의 허리 부근이 조금 헐렁했다. 배가 고프지 않아 저녁을 거른 지 며칠 됐더니, 앞집 할머니의 말대로 살이 빠진 모양이다. 유나는 볼살 안쪽을 혀로 눌러 보았다. 입 안에서 단내가 났다. 어느 때보다 정신이 또렷했지만 두통과 헛구역질이 간간이 유나를 괴롭혔다.

현관문을 열기 전 귀를 기울였다. 다행히 앞집 할머니는 없었다. 느긋한 걸음으로 학교로 걸어가던 유나는 멀거니 멈춰서 하늘을 올려다보았다. 설탕은 내리지 않고 화창하기만 한 하늘이 시시하게 느껴진다.

돌아갈까.

그런 마음이 트림처럼 속에서 올라왔다. 학교에 가기 싫었다. 수업 전후로 교실을 채우는 웃거나 떠드는 소리 따위는 거북했다. 학교에 가 봤자 머리만 아플 뿐이라는 생각이 발목을 붙잡고 샛길로 빠지기를 권한다. 갈팡질팡하던 유나는 돌아섰다. 한 방향으로 걷는 교복 무리에서 느릿느릿 벗어나 왔던 길을 되돌아왔고 그러는 동안 누구와도 마주치지 않았다.

횡단보도와 육교를 건너 아파트 단지로 들어섰다. 이른 아침이라 그런지 여기저기서 새가 지저귀었다. 노래

한다기보다 우는 것 같았다. 학교와 집, 학원과 집을 오가는 틈틈이 구역질처럼 몰려오는 그리움을 발로 밟아 버리고 싶다. 늘 지나가는 길목을 심드렁히 훑으며 유나는 모르는 사이 발을 끌듯이 걸었다.

유나는 주머니를 뒤적여 틴 케이스를 꺼내 들었다. 바깥에서는 한 번도 먹은 적 없지만 지금 당장 기댈 것이 필요했다. 새로 산 슈가 두 알을 동시에 털어 넣고 혀로 굴렸다. 빨리 약효가 퍼졌으면 해서 부숴 먹지 않고 삼킨 후 공원 벤치에 앉았다.

눈을 감았다가 뜨자 한 시간이 흘러 있었다. 아까까지만 해도 화창하기만 하던 하늘에서 설탕이 펑펑 내린다. 한 손을 들어 설탕을 받아 내던 유나는 비틀거리며 일어섰다.

"가자."

그레텔이 있는 안전한 집으로 가자. 얼른 돌아가자. 아빠에게 혼나더라도 그게 지금 바로 닥친 일은 아니었으므로 유나는 할 수 있는 한 도망을 치기로 마음먹었다.

가까스로 엘리베이터 앞까지 걸어간 유나는 계단에 주저앉았다. 구역질이 잠잠해질 때까지 잠시 쉬었다 갈 작정이었는데 어느 순간 잠들고 말았다.

"너 여기서 뭐 하냐?"

그 순간 귀에 익은 목소리가 유나를 깨웠다.

"학교 갈 시간 지나지 않았냐?"

언제 눈을 감은 거지. 잠든 줄 모르게 잠들고 말았다. 그것도 바깥에서. 유나는 질색하면서 일어나다가 다리에 힘이 풀려 넘어지듯 다시 앉았다.

"얘, 어디 아파?"

앞집 할머니.

얼굴을 들이민 마녀 때문에 어느 때보다 그의 커다란 사마귀가 잘 보였다. 유나는 지끈거리는 머리를 감싸며 기어들어 가는 목소리로 말했다.

"마녀."

"뭐라고?"

"…그냥 잠깐 쉬는 거예요."

"안색이 안 좋은데. 퍼렇게 질려서는."

머릿속이 왕왕 울렸다. 신경 끄고 제발 갈 길 가시라고 말할 수 있다면 얼마나 좋을까. 대꾸할 필요 없이 저리 가시라고 손짓하고 싶었지만, 유나는 내키는 대로 말하거나 움직이지 못했다. 눈꺼풀이 무거웠다. 오한이 들고 손이 떨리기 시작했다. 여기서 더 입을 열었다가는 속에 든 것을 모두 게워 낼 것만 같다.

갑자기 왜 이러지.

유나는 덜컥 겁이 났다. 정말로 마녀의 말대로 아픈 건가. 흐리멍덩한 의식 사이로 혀를 차는 소리가 들렸다.

"안 되겠다. 일어서 봐라."

할머니가 손을 뻗어 왔다. 거칠한 손등이 뺨에 닿는

걸 느끼고 유나는 흠칫 놀라며 눈을 떴다.

"만지지… 마세요."

"열 있나 본 거다."

그렇다면 이마를 짚었어야죠. 유나는 힘없이 눈을 감았다. 저리 꺼져요. 나한테서 신경 끄라고요. 다른 어른들처럼. 험한 말이 가슴속에서 덩어리째 부풀기 시작했지만 정작 터져 나오는 건 신음뿐이었다.

"일어날 수 있겠냐?"

"저 좀, 내버려, 두세요."

유나는 잔뜩 갈라진 목소리로 사정했다. 말을 할수록 속이 메스꺼웠다. 토악질이 나올 것 같아 숨을 골라야 했다. 아무리 속이 뒤집혀도 여기서 토하고 싶지는 않았다. 유나는 또다시 손이 떨리는 걸 느끼며 조심스럽게 심호흡했다.

"일어나 봐라. 내 손 잡고."

싫다는 말이 나오지 않았다. 할 수 없었다. 지금 입

을 열었다가는 속을 게워 내고 말 것 같아서 한 손으로 입가를 가리며 할머니가 이끄는 대로 계단에서 일어났다.

"자, 자. 내 팔 붙잡아라."

비틀거리는 유나의 어깨를 붙든 할머니가 유나의 다른 손을 끌어당겨 제 팔꿈치를 잡게 했다.

"넘어질 것 같으면 기대고."

귀찮은 기색이 역력한 목소리에는 적의가 페이스트리처럼 여러 겹으로 쌓여 있다. 뭔가 꿍꿍이가 있는 친절이 분명했고 그것을 알아차린 유나는 간신히 도리질을 쳤다.

"괜찮아요."

"괜찮기는."

이 할머니는 나를 싫어해. 나를 그저 한심한 문제아 취급하지. 혈육으로 얽힌 사이도 아니고 단지 같은 아파트에서 이웃해 사는 것뿐인데 모든 걸 참견하고 싶어

하는 노인네야. 수상하고 음침한 마녀라고. 속을 꿰뚫어 보는 듯한 눈길에서 어김없이 불길한 기운을 읽어 낸 유나는 이를 악물었다. 가까운 시일 내에 죽을 엄마의 마지막을 알아봤듯이 유나의 앞날도 낱낱이 파악했을 터다.

저 눈빛에 어린 기운은 살기일까. 아니다. 어쩌면 허기일지도 모른다. 오랫동안 굶주려 있다가 만만한 사냥감을 낚아챈 마녀에게서 당장 벗어나고 싶었지만 좀처럼 몸을 움직이기 어려웠다.

"날… 잡아먹을 거예요?"

떨리는 목소리로 묻자, 퉁명스러운 대답이 이어졌다.

"먹을 데도 없구먼. 비쩍 말라서는."

구미가 당기지 않는다는 말이었지만 머지않아 잡아먹힐 거라는 것을 유나는 알았다. 이대로 산 제물이 될지도 모른다. 이 불안은 결코 허상이 아니었다. 유나는 할머니의 손을 뿌리치려 애썼다. 할머니로부터, 마녀로부터 도망쳐야 하는데 구역질만 심해져 간다.

유나는 불안에 떨며 눈을 감았다. 결국 이렇게 되는구나. 시시하게 살다가 마녀에게 잡아먹히는구나. 귓속이 먹먹해지고 곧이어 어둠에 잠겼다.

* * *

시간이 얼마나 흘렀는지 알 수 없다. 정신을 차리니 낯선 천장이 보였다.

"여기가, 어디에요?"

"내 집이다."

가까이에서 앞집 할머니가 대답했다. 할머니의 집 거실에서 눈을 뜬 유나는 길게 한탄했다. 유나가 사는 집과 같은 구조지만, 낡고 오래된 느낌이 들었다. 유나는 빠르게 눈을 깜빡이며 곳곳에 놓인 서양 골동품을 훑었다. 나무 장식이 고풍스러운 벽시계부터 회색빛이 도는 세라믹 꽃병, 피아노 그리고 커다란 오븐이 있었다.

소파에서 몸을 일으킨 유나는 머리를 부여잡으며 앓는 소리를 냈다.

"일어날 수 있겠냐?"

할머니가 유나를 부축하며 주방으로 천천히 이끌었다. 유나는 겨우 다리에 힘을 주어 걸음을 옮겼다.

"자, 자. 여기 앉아 있어 봐라. 차를 좀 내려 줄게."

유나를 식탁 의자에 앉힌 할머니는 돌아서서 찬장 문을 열었다. 부산히 움직이며 다기 잔을 꺼내는 할머니는 별다른 말을 하지 않았지만, 어쩐지 콧노래를 삼키고 있는 듯했다. 그의 굶주린 위장에서 시작된 가사 없는 노래가 콧속에 한가득 들어찼을 것이다. 할머니의 비강을 꽉 채운 노래의 제목은 과자 집에 데려온 여자아이일지도 모른다. 늙은 마녀의 간식거리이거나.

과자로 만든 집에 여자아이를 데려왔네. 그 아이는 외로움에 절여져 단맛이 난다네. 맛이 좋다네. 그런 노랫소리를 들은 것만 같아서 유나는 무거운 눈꺼풀을 깜빡이며 끙끙거렸다.

"조금만 기다려라."

시간이 얼마나 남았는지 모르겠다. 도망쳐야 한다. 이 집에서 서둘러 나가야 한다. 현관문으로 달려가다가 마녀에게 뒷덜미를 잡힐지언정 시도라도 해야 한다.

유나는 주전자에 물을 채우기 시작하는 할머니의 뒷모습에서 눈을 떼지 않았다. 할머니가 우려낸 차에 찻잎과 뜨거운 물만 담겨 있으리라고 어떻게 장담할 수 있을까? 극소량이어도 마시면 잠들거나, 잠든 사이 목숨을 앗아 가는 독약이 들었을 것이다. 틀림없이 녹차든 홍차든 불순물을 섞어 내렸을 거라고 유나는 예감했다. 불안과 불신이 한데 엉켜 유나의 가슴을 빠르게 뛰게 했다.

이곳이 동화 속이 아니라 해도, 독살은 얼마든지 일어날 수 있다. SNS를 조금만 뒤져도 온갖 종류의 약을 구할 수 있는데, 독약 하나 제조하기 어려울까. 유나가 슈가를 구했듯 누구든 원하는 종류의 약물을 구할 수 있을 터다. 마녀라면 더욱 쉽게 얻거나 직접 만들 수 있을 것이다.

어쩌면 좋지. 유나는 마른침을 삼키며 기회를 엿보았다. 여차하면 도망치고 싶었지만 다리가 후들거렸고 몇 걸음 못 가 넘어질 거란 예감이 들었다. 그렇게 되면 죽음에 닿을 시간을 오히려 앞당기는 꼴이 될 수도 있다. 유나는 현관문을 앞두고 보기 좋게 넘어지는 자신을 상상하다가 고개를 저었다.

우선 적당히 시간을 벌자.

"지금 뭘, 하는, 거예요?"

"뭘 하냐니? 따뜻한 차 좀 먹으려고 하는 거다."

어쩌면 슈가를 꾸준히 복용한 덕분에 어떤 내성이 있을지도 모른다. 그것이 마녀의 약이라든가 주문을 막을 수 있을지는 불분명하지만, 지금 이 순간 유나는 마녀보다, 유나가 발견한 마법을 믿고 싶었다.

그 노인네를 오븐으로 밀어 버려!

그때 곁에 있는 줄 몰랐던 그레텔이 외쳤다.

네가 잡아먹히기 전에, 어서!

입술을 앙다물고 엉거주춤 일어선 유나는 할머니의 뒤로 다가가 두 손을 뻗었다. 당신한테 잡아먹히지 않을 거야. 그런 일이 일어나게 두지 않을 거야. 무사히 살아남을 거야. 결심이 선 유나는 좀 더 다가섰다. 그러고는 굽은 등에 손을 대고 망설임 없이 힘을 실었다.

"아이고!"

할머니를 밀친 유나는 조금도 동요하지 않았다. 주전자를 옮기던 할머니는 헛발을 디디며 기우뚱하더니 그대로 바닥으로 쓰러졌다. 그 모든 순간이 유나의 시선에 박히듯 들어왔다. 유나는 덩달아 넘어지지 않기 위해 재빨리 싱크대를 붙잡고 섰다.

"너, 너…"

할머니는, 마녀는 아프다기보다 놀란 기색이었다. 뜨거운 물을 종아리에 쏟고 만 마녀가 움직이지 못하고 신음만 흘리자, 유나는 마음을 놓았다. 잡아먹히지 않는다. 적어도 지금 당장은.

"이게 무슨 짓이냐."

눈썹을 잔뜩 찌푸린 할머니의 얼굴은 유나가 기억하는 동화 속 삽화보다 더욱 심술궂어 보였다. 영락없는 마녀를 내려다보며 유나는 입꼬리를 씰룩였다. 거봐. 당신은 마녀가 맞아. 끔찍하던 두통이 거짓말처럼 가셨다.

당신을 나를 해치지 못해. 잡아먹지 못한다고. 유나는 이 집에서 살아 나갈 수 있다는 자신감이 생겼다. 절망이 저만치 밀려나는 것을 느끼던 순간, 마녀의 집 초인종이 울렸다. 구원의 종소리처럼 맑고 서늘하게 울려 퍼졌다.

"도와줘!"

마녀가 소리쳤다.

"살려 줘요!"

유나도 질세라 비명을 질렀다. 동시에 도와 달라고 소리치는 목소리가 하나로 뭉개졌다. 현관문 밖에서 듣는다면 짐승 우는 소리처럼 들릴 터였다. 유나는 마녀의 볼을 타고 흐르는 눈물 줄기를 보았다.

"이거 놔요!"

마녀에게 팔꿈치를 꽉 잡힌 유나는 어깨를 흔들며 더욱 새된 소리로 살려 달라고 외쳤다.

"살려 줘요. 난 맛없다고! 먹지 말라고요!"

유나가 간절히 소리쳤지만 마녀는 손아귀의 힘을 풀지 않았다.

"대체 무슨 소릴 하는 거냐!"

"제발, 제발."

"가만히 좀 있어라!"

"도와줘, 그레텔!"

마녀의 옆에 허리를 굽히고 서 있는 그레텔에게도 빌어 봤지만, 그레텔은 미동도 하지 않고 미소만 지었다. 유나는 앙칼진 목소리로 소리 질렀다. 살려 달라는 애원이 두터운 현관문을 지나 다른 이웃집까지 닿도록.

"놓으라고!"

"진정해라, 너 대체 왜 이러는 거냐!"

"이거 놔!"

마녀가 일그러진 얼굴을 들이밀며 가만히 좀 있으라고 윽박질렀다. 그레텔에게 향해 있던 유나의 눈이 순식간에 휘둥그레졌다. 그레텔의 모습이 서서히 희미해지고 있었다.

"그레텔!"

이를 악물고 손을 뻗었지만 닿지 않았다.

"가지 마!"

유나는 너무 놀라 숨을 헐떡였다. 그레텔은 계속해서 사라지는 중이었다.

"안 돼!"

나를 혼자 두지 마. 제발 떠나지 마. 너마저 가면 나는 어떡해. 미처 소리치지 못한 애원이 목구멍 안을 오르내렸다. 아이처럼 흐느끼던 유나는 눈앞이 흐려졌다. 또다시 세상이 끝나 간다. 엄마의 예고 없는 사라짐과 닮은 끝이 다가오고 있었다.

"정신 좀 차려라."

마녀가 주문처럼 말을 걸었다. 유나는 고통스러운 신음을 흘렸다. 그레텔이 사라졌다. 그리고 초인종 소리가 다시금 날카롭게 울려 퍼졌다. 유나는 머리가 깨질 듯한 두통을 느끼다가 몸을 떨었다.

힘없이 손을 떨군 유나의 귓가로 다정한 목소리가 안녕, 하고 속삭였다. 그 목소리를 들은 유나는 몸부림치던 것을 멈추고 창밖을 바라보았다. 설탕이 흩날리고 있었다.

지금이다. 지금을 놓치면 기회는 다시 오지 않을 것

이다.

입 안에서 비릿한 피 맛이 느껴진다. 유나는 있는 힘껏 마녀를 밀치고 다급한 손길로 창문을 열었다.

"애, 애!"

기겁한 마녀가 유나를 안쪽으로 잡아끌었다. 유나가 창밖으로 곧장 몸을 던지기라도 할 것 같았는지 하얗게 질린 얼굴이었다.

"위험하게 왜 이러는 거냐!"

마녀가 고함쳤다. 우습게도 겁에 질린 목소리였다.

"이거 놔요!"

끌려가지 않으려고 버티던 유나는 방충망까지 열어젖히는 데 성공했다. 물에 빠진 사람이 물 밖으로 고개를 내밀듯 가진 힘을 쥐어짰다. 마녀의 집에서 남몰래 잡아먹히는 것만은 역시 피하고 싶었다. 유나는 한 손을 뻗어 허공을 휘저었다. 그 손에 얼굴을 맞았는지 마녀가 뒤에서 신음을 흘렸다.

다시 한번 주먹을 휘둘렀지만, 몸을 수그려 피한 마녀에게 닿지 않았다. 유나는 허탈히 웃었다. 앞으로 시간이 얼마나 남았을까. 잡아먹히기까지 시간을 얼마만큼 더 벌 수 있을까.

간신히 연 창문으로 한 줄기 바람이 불어닥쳤다. 그것이 신호였다. 유나는 바삐 손과 얼굴을 내밀었다. 유나의 허리를 부여잡은 마녀는 아이고, 아이고 하면서 끌려왔다.

"왜 이러는 거냐, 정말!"

"당신 정체가 뭔지 알아!"

유나가 비명처럼 소리칠 때 마녀의 집에 누군가 들어왔다. 비밀번호를 빠르게 누르고 들어선 걸 보면 같은 마녀일 확률이 높았다.

어느 틈에 연락한 걸까. 오븐 구이 재료를 확보했으니 함께 요리하자고 초대한 걸까. 그렇다면 머잖아 오븐 속에서 타들어 가고 말 것이다. 이 모든 시도에도

불구하고 통구이가 되어 그들의 밥상에 오르고 말 테다.

"엄마! 나 왔어요."

부산스럽게 들어서는 누군가의 말소리를 들으면서도 유나는 돌아보지 않았다.

"애 좀 잡아 줘라! 아이고."

마녀가 혼비백산하여 외쳤다.

"왜 이러는 건지 모르겠다. 붙잡아 봐라, 빨리!"

그리고 목소리가 멀어졌다. 유나는 두 사람이 나누는 대화를 더는 듣지 못했다. 어깨며 팔꿈치를 잡고 있는 손아귀 힘도 차츰 신경 쓰이지 않았다.

언제까지나 함께할 줄 알았던 그레텔이 사라졌고, 조만간 하늘에서 내리는 설탕 역시 그칠 것이므로 다른 상황은 눈에 들어오지도 않았다. 어떤 예감은 사람을 꼼짝 못 하게 만든다. 몸을 굳힌 유나는 허망한 얼굴로 설탕이 내려앉은 아파트 단지를 바라보았다.

다 끝났어. 그렇게 중얼거리며 유나는 오븐에 떠밀리듯 들어가게 될 마지막을 미리 그렸다. 유나가 기대어 살아온 것들이 또다시 사라지고 있다. 예고 없이.

그레텔 없이, 설탕이 내리지 않는 세상에서 살 수 있을까. 당도 없이 쓰기만 한 세상에서 어떻게 살아가야 하나. 내킬 때마다 슈가를 복용할 수 있는 돈을 어떻게 마련할 것이며, 당신 스스로를 챙기는 것만으로도 벅찬 아빠로부터 독립할 수 있는 방법은 또 어떻게 찾을까. 아니 그보다 이제 곧 마녀의 오븐에서 타들어 가겠지. 살고 싶지 않았지만 그렇다고 죽고 싶은 건 아니었는데. 유나는 고집스럽게 창틀에 매달렸다.

바람결에 설탕 가루가 실려 왔다. 혀를 내밀자 설탕 몇 알이 내려앉으며 단맛이 났다.

여전히.

우리는 왜 중독될까?

기대면서 버티고 나아갈 수 있을 만한 것이 너무 넘치거나 부족한 요즘. 책에 기대어 지내 온 시간을 돌아보며 초고를 썼다.

우리는 왜 중독될까? 그것이 물성을 가졌든 아니든 어째서 자꾸 보고 듣고 맛보기를 갈구하는 걸까. 거의 모든 게 충족된 현재를 살고 있지만 자꾸 잃어버릴 일만 남은 것만 같고, 아무래도 그 허기와 닮은 신경증의 이름으로 오늘은 외로움이 들어맞는 듯싶다. 하지만 외로움은 많은 경우에 허울 좋은 핑계가 된다. 지금 당장의 위로와 신선한 재미를 바라며 진창에 발을 들이기엔 우리가 너무 귀중하니 부디 여러 방면으로 심사숙고하기를.

멋진 그림으로 함께해 주신 개박하 작가님과, 《슈가

타운》을 꼼꼼하게 보살피고 꾸려 나가 주신 최지우 편집자님께 깊이 감사하는 마음을 전한다. 책을 펼쳐 주신 모든 분들께도 동일한 마음을 곧게 펼쳐서 보낸다. 이 마음은 보거나 들을 수 없지만, 진짜 있는 마음이다. 맛을 느끼는 감각으로 분류하자면 단맛에 가까운 마음일 것이다.

이필원